C'est l'automne !

À Ombeline et à sa maman Christine,
vive le CP et vive la lecture !
M.

www.flammarion-jeunesse.fr
www.jesuisencp.fr

Éditions Flammarion – 82, rue Saint-Lazare – CS 10124 – 75009 Paris
ISBN : 9782080431189 – N° d'édition : L01EJEN002227.N001 / 601239-0
Dépôt légal : septembre 2023
Imprimé en Espagne par Liberdúplex – août 2023
Loi n° 49-956 du 16 juillet 1949 sur les publications destinées à la jeunesse

C'est l'automne !

Texte de
Magdalena

Illustrations
d'Emmanuel Ristord

CASTOR POCHE

Notre classe de CP

Pour lire l'histoire, tourne la page !
Pour des activités autour de la lecture, va page 34 !

Aujourd’hui, c’est l’automne.
« Les feuilles tombent »,
dit Maîtresse Julie.

« Qui veut aller ramasser
des feuilles au parc ?
demande Maîtresse Julie.

– Moi, dit Léa.
– Moi, dit Noé.
– Moi, dit Ana.
– Moi, moi, moi ! »
crie toute la classe.

« Alors, en route, on y va ! »
dit Maîtresse Julie.
Et les voici partis.

Sur le trottoir,
les enfants se donnent la main.

Basil donne la main à Bob.
Samir donne la main à Réda.
Léo donne la main à Téo.
Lou donne la main à Fatou.
Alice donne la main à Mia.
Tim donne la main à Noé.
Léa donne la main à Ana.

17
3
1

Et Selma donne la main
à Maîtresse Julie.

La classe marche en silence.

En chemin,
Maîtresse Julie montre les arbres.

« Lui, c'est un sapin,
dit Maîtresse Julie.
Il n'a pas de feuilles, il a des épines.
– Et les épines, ça pique ! »
dit Samir.

« Et voilà, on est arrivés ! »
dit Maîtresse Julie.

PARC DES
PLATANES

Les élèves ramassent des feuilles.

« J'ai une feuille jaune, dit Léa.
– Moi, une feuille marron, dit Ana.
– Et moi, une feuille rouge », dit Noé.

De retour en classe,
Maîtresse Julie dit :
« On va faire un herbier
avec les feuilles. »

« Maintenant, on pose les feuilles sur le papier journal, et on attend que les feuilles sèchent »,
dit Maîtresse Julie.

Maîtresse Julie dessine
d'autres feuilles au tableau.

Il y a la feuille de platane,
la feuille de marronnier
et la feuille de chêne.

Platane
Chêne
Marronnier

« On n'a pas ramassé de glands,
dit tout à coup Selma.
– Pour cela, il faut aller en forêt »,
dit Maîtresse Julie.

« Et si un jour on allait en chercher en forêt ? propose Basil.

– Bonne idée ! Si on ramasse un gland et si on le plante, alors un jour, un chêne pousse », dit Maîtresse Julie.

« Et si on ramasse un marron,
on le mange ! dit Réda.
– Non, pas un marron !
Le marron ne se mange pas.
C'est la châtaigne qui se mange,
et elle pousse sur le châtaignier ! »
dit Selma.

Et Réda, étonné, fait des yeux ronds
comme des marrons !

Je joue pour bien lire

1 **Regarde** bien ces quatre couvertures du livre et **trouve** celle qui est bonne.

a.

b.

c.

d.

Réponse : c.

2 **Trouve l'intrus :**

le mot qui ne contient pas
le son « r » de « forêt ».

3 **Entraîne-toi** à lire les couleurs.

jaune

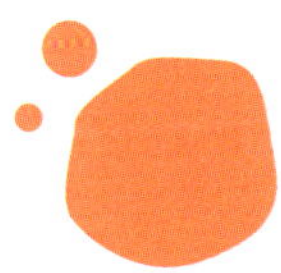

orange

vert

marron

Réponse : 2) la poule.

Je joue pour bien comprendre

1 **Retrouve** l'image qui correspond à chaque arbre.

1. platane
2. marronnier
3. chêne
4. sapin

a. 

b. 

c. 

d. 

Réponse : 1-b ; 2-d ; 3-a ; 4-c.

2 **Choisis** le mot qui correspond à chaque image.

1. 

   a. forêt

   b. volet

2. 

   a. champignon

   b. châtaigne

3. 

   a. épingle

   b. épine

4. 

   a. gland

   b. gant

3 **Réponds** par oui ou non.

1. Les sapins ont des feuilles.
2. Le gland est le fruit du chêne.
3. On peut manger les marrons.

Réponses : 2) 1-a ; 2-b ; 3-b ; 4-a. **3)** 1. non : des feuilles = des épines ; 2. oui ; 3. non : on peut = on ne peut pas.

Retrouve les histoires de **Je suis en CP** pour t'accompagner tout au long de l'année.

1

C'est la rentrée !

Dispute à la récré

Le nouveau

C'est l'automne !

Alerte aux poux !

La fête à la cantine

Journée à la ferme

Un chien à l'école

Il neige !

Noël à l'école

Jaloux !

La galette des reines

À fond le foot !

Quelles histoires as-tu déjà lues ?
Quelle est ta préférée ?
Lesquelles aimerais-tu lire ?

2

Jour de piscine

Maîtresse Julie est absente

Le bras cassé

Les anniversaires

Le lapin de la classe

Lou a deux maisons

Aux toilettes !

Noé a un secret

C'est carnaval !

Visite au Louvre

La classe de neige

3

Les amoureux

La fête de l'école

La classe de mer

Chez les pompiers

La médaille d'or

Au centre aéré

La maîtresse se marie

Vive les vacances !

La chasse aux œufs

À la chocolaterie !

Sauvons la planète !

La fête des parents

Plantons des arbres !

Musique !

Je suis en CP

Pédagogie Montessori

Mieux apprendre grâce aux neurosciences

Des méthodes et des cahiers d'apprentissage